山河

时至今日
又一位巨人，大手一挥
关于灵魂、本事、血性
以及品德的命题
犹如锋利的大刀
果断斩去日益滋生的危险

山河

胡松夏　著

线装书局

图书在版编目（CIP）数据

山河 / 胡松夏著. -- 北京 : 线装书局,
2015.6
ISBN 978-7-5120-1862-4

Ⅰ. ①山… Ⅱ. ①胡… Ⅲ. ①叙事诗－中国－当代
Ⅳ. ①I227.3

中国版本图书馆 CIP 数据核字(2015)第 129687 号

山 河

作　　者：胡松夏
责任编辑：曹胜利
装帧设计：胡松夏
出版发行：线装书局
地　址：北京市西城区鼓楼西大街 41 号（100009）
电　话：010-64045283（发行部）64045583（总编室）
网　址：www.xzhbc.com
经　　销：新华书店
印　　制：北京市通州运河印刷厂
开　　本：700mm×1000mm　1/16
印　　张：11.25
字　　数：120 千字
版　　次：2015 年 6 月第 1 版第 1 次印刷
印　　数：0001—3000 册

定　　价：28.00 元

目录

序章 从南湖出发

一

黑暗，饥饿，腐败，懦弱
从大地的血管喷涌而出
疯狂占据目光所抵之处
一声沉重的叹息
午夜病入膏肓
雷，闪电，锋利的剑
划过长空
万物更需妙手回春的从容

怀揣精湛医术
把脉，问诊
从武昌开始
火的图腾逐步醒悟

原野上万马奔腾
闪电被重力学勾引

隐入大地
稻米飘香季节
十八颗金色星辰
拥抱铁血誓言
潜入辛亥年的山河

从一次意外失败
转入另一次挫折的途中
七月，绝世交响
破土萌芽

二

飞鸟散尽
历史又一次被雕饰成
从出生到绽放的旅程

太阳升起之前
风与时光再一次抗拒了
黑夜诱惑
璀璨的红色五星
光芒万丈

犹如一颗冷峻的子弹
不动声色
但任何野兽的嗥叫
都有可能引发
一场关于射击的惊叹

沉入岩浆的核心
红星化为烈火
一举焚烧
漫长的黑夜

三

征服高地
阿芙乐尔号巡洋舰在涅瓦河上
弹奏关于东部欧洲的烈火
闪电如铁
以伏尔加的烈度奔驰
掠过石头与城堡
在血的末端
用一粒最短的光芒

劈开全部的黑夜

朝霞满天的时候
红星灿烂如火
在中国的南湖
镰刀锤头与七月
势如破竹

四

仰望七月
思绪展开双翼
在铤而走险的时代
与时光之刃
穿越火与夜幕
不负使命

面对钢铁
即使最微弱的呼吸
也必须棱角分明
血与肉飞跃群山之巅
接受隔世膜拜

雨和闪电被囚禁在黑夜的密室
决战之后
勇敢的水手，或者铁匠
横空出世

五

勇士们高擎镰刀锤头
逆水而上
在最高的湾口
猎取天火

沸腾的岩浆
与五色石头一起燃烧
所向无敌
在红五星闪耀的地带
风调雨顺

用镰刀收割
用锤头锻造
在猎猎红色旗帜下
开始勾勒
复活的世界

第一章　白山黑水

一

刀光寒气逼人
霜雪以叠加的方式
随时间递进
迸发，成为一个时代觉醒的标志

甲午之后
山河承载更多悲愤
雄性的血液
被迫蛰伏
但敌人的欲望日益膨胀
隐藏更多的觊觎

与历史对话
必须拿出足够勇气
将耻辱与荣光放在同样的高度

然后，沿着疼痛的脉络
逐步追寻
战争的起点

让思绪从今夜开始
打开万里河山
让跌宕的历史裸露出
苍白的失眠

二

欲望之火仍盘踞在
敌人的内心
时光并没有减弱聚积的贪婪
最后的疯狂
伴随丧钟敲响

相信历史吧
时间会击碎所有的谎言
一本《田中奏折》
足以呈现日寇的处心积虑

战争，还是和平
面对咄咄逼人的日寇
要做出艰难的抉择
贫瘠的中国显得力不从心

三

那时候
中华民族新的希望之星
正从南湖冉冉升起
红船劈波斩浪

关于土地的战争
大刀长矛已给出明确的答案
要知道，黑夜还未完全退去
草木暗藏杀气

红星正在照耀
万里河山

四

白山黑水之间
或许，硕果已经累累
枝叶开始泛黄
秋风穿过辽阔山野
露珠正在形成

一声沉闷的爆炸
透露出火药的诡异
扭曲的钢轨和罪恶
相互勾结
一个巨大的阴谋在柳条湖畔
浮出水面

面对疯狂的野兽
正义的枪口竟然低垂
退缩源自
干涸的雄性，以及
历史的阉割

五

狼烟刚刚燃起
侵略却早已开始
甲午的炮火
乙未的鲜血
将历史压抑成苦涩的岩浆

越过高粱大豆
直插松树林立的密林
携带愤懑
完成一次草本到木质的坚硬升华

必须记住一条以“松花”命名的江河
以蛟龙的神韵盘踞白山黑水
在圣洁的雪地上
打造直逼敌心的
利刃

请绕过那些集体“阳痿”的男人
把目光投向驰骋疆场的汉子
更有铁骨铮铮的巾帼
用热血支撑起

六

江水被战火烧红
波浪站立成倔强的山峰
面对日寇
所有的热血
火光四射

那位“红枪白马”的女政委
将战场梳理得井然有序
出其不意的子弹
往往都是在最关键的时刻
痛击敌人
“瘦李”或者“李姐”
绽放成硝烟中最美丽的花朵

一只粗瓷大碗和一封
肝肠寸断的遗书
让历史记住了
这位伟大的女性——赵一曼

就在那个冰冷的夜空
还有八颗冷峻的子弹
冷　云　胡秀芝　杨贵珍　郭桂琴
黄桂清　王惠民　李凤善　安顺福
与敌人殊死拼搏
借助生命中最后的力气
奔向急流的江水

七

我在想
面对残暴的敌人
为什么有的人能够挺直脊梁
奋起抵抗
有的人却卑躬屈膝
认贼作父
不同的思维或许产生
不同的解答
但是，血性却是唯一的分水岭

面对使命

再美好的措辞
都无法掩盖
汉奸的嘴脸

必须置以正义的审判
那些汉奸，或者叛徒
与敌人沆瀣一气
罪恶超过了所有的敌人

赵一曼，一个柔弱的女子
竟被自己的同胞和日寇合谋
以人类历史上最卑鄙的方式
进行审讯
千百年后
历史仍愧疚不语

八

枪声被饥寒逼入微弱
子弹仍锋利无比
射出的每一道弧线
都令敌人胆战心惊

大河

一个叫杨靖宇的汉子
带领抗日联军
冒雪冲锋
当一粒米成为一种奢想的时候
他们把雪与树根
作为最便捷的营养餐
一口吞下

朔风与敌人狼狈为奸
突出重围
成为生命中唯一的遗憾

当战友们远离危险之后
子弹更加迅疾
孤身一人成为白山黑水的
神话

九

这是一场漫长的对决
战场跨越了鞭炮声声
子弹从腊月飞进正月
他——杨靖宇，与日寇继续
周旋

战斗，准备战斗
除此之外，别无选择
元宵节之后的风雪
更加肆虐

一颗狡猾的子弹
从敌人的枪口悄然溜出
将军轰然倒地
大地沉寂无语
云朵低垂
肠胃中等待消化的树皮、草根和棉絮
成为最有力的武器
令敌人大惊失色

十

杨靖宇、赵一曼、赵尚志、“八女”……
他们已经超过钢铁
以烈火的高度
汇集成民族的铜墙铁壁
使敌人束手无策

日寇如同困兽
不断拉拢患有“软骨病”的中国人
于是，在烈焰燃烧的同时
背叛成为“自治”的忠实走狗
民族开始面对从未有过的疼痛
当灵魂成为人的核心
历史更会记录所有的崇高

十一

斟酌很多词汇
对于“满洲国”的表述
必须借助中医
定义为民族躯体上的一个肿瘤

最为贴切

白山黑水已被病毒侵蚀
数典忘祖的败类
正伙同日寇
打开祖国的大门

已经不需要隔海对峙
敌人已到身边
此时，良知沦丧
汉奸异常活跃

还好，我们拥有挺拔的脊梁
钢铁在最危急的关头
组合成连绵不绝巨大的合力
使敌人的欲望
一波三折

十二

那时候
工农的队伍正惨遭“围剿”

红星的光芒依然温暖
乡村枝繁叶茂

脚穿草鞋的队伍
高举着燃烧的火把
翻越雪山草地
朝着黎明出发

一曲粗犷的信天游
磨热万里河山

第二章 卢沟怒火

一

星月全部隐退
在这个野兽横行的黑夜
长城的使命早已终结
那些不屈的枪声
正在被迫转移

其实，已经无路可退
日寇在吞并白山黑水之后
仍步步紧逼
妄想沿着炮火
啮噬我们全部的血肉

子弹更加密集的时候
我们任何退缩，或者幻想
都无异于另一种自杀

更可怕的是
我们喷涌而出的热血
更会激起日寇一波又一波的
亢奋

二

即便被雕刻成一组组惟妙惟肖的狮子
坚硬的石头与岩浆仍会互致敬意
它们之间保持着千丝万缕的亲密无间
炽热与燃烧
一定会在深夜的某个时刻突然醒来
爆发出沉默已久的怒吼

必须挺直脊梁
让血脉始终保持远离汉奸的纯洁
以一座石桥的坚韧气魄
捍卫民族的尊严

我站在二十一世纪的夏日清晨
膜拜任风霜洗礼的狮群
即便桥下早已青草遍地

但仍能听到清晰的怒涛，以及
远去的炮火

三

一九三七年七月七日的夜晚，月亮缺席
应该有星光悬于桥上
日寇鬼鬼祟祟
省略演习的细节
每一个鬼子都荷枪实弹

无论将思维渗透到哪一个环节
这个夜晚都将布满诡异
日寇粉墨登场
以为借助“枪声”和“士兵失踪”
就能够骗开宛平的城门

谁会相信强盗的逻辑
其实，早在甲午之前
我们就已经看清
鬼子的嘴脸
即使抛出手中的橄榄枝

炮火也不会避免

历史不得不用敬佩的目光
注视着我们的守军
第二十九军的汉子们慷慨激昂
以血性的义正词严
将日寇拒之城外

四

枪声响起
黑夜逐渐退去
卢沟桥上的石狮怒目圆睁
以俯冲的雄姿
震撼来犯之敌

大刀寒光凛冽
与子弹具有同等的威力
将士们纷纷脱去上衣
用血肉之躯发起最后的冲锋
此时，“死亡”已经变成一个
平淡如水的词汇

子弹与炮火一起擦亮天空
朝霞似血
飞鸟以垂直的高度
俯瞰正义与邪恶的对决

五

越过石桥
以最精确的搜索
还原一段精绝的驰骋疆场
赵登禹和他锋利无比的大刀队
被喜峰口的城垛高高托起
手起刀落
快如疾风

那个夜晚，长城上
钢刀瘦成燕山寒月
每一道光芒
都令日寇闻风丧胆

这位来自鲁西南的彪形汉子

身怀绝技
一招一式尽是炉火纯青的功夫
仅仅三年私塾
笔锋却注满血性
随意挥毫
即是飞镝疾驶

决战之前
将军双膝跪地
三个掷地有声的响头
成为与年迈母亲生离死别的绝响
双目无泪
装满钢铁与烈火

六

战争拥有属于战争的规则
人与野兽
应该有所区别
但日寇坚持以卑鄙的方式
沦为野兽

战机的狂轰滥炸
成为敌人枪炮之外的凶器
宛平城、南苑，甚至平民区
都成为日寇轮番轰炸的目标
战争的残酷被日寇肆意放大

当敌人伏击的子弹
射中那些坚硬的钢板
佟麟阁、赵登禹、申仲明……
奋勇杀敌的英雄气概
被时光定格在
战火纷飞的瞬间
英雄们化成耸立的
高峰

悲痛袭来
燕雀低飞
泣血的悲鸣压痛大地

七

面对一座石桥

日寇和叛徒的惊骇
又一次被战火
照的清清楚楚

我们痛恨日寇
但叛徒的危害更不可轻视
倘若没有内奸
局部的战斗将会以另一种结果呈现

而历史从不存在假设吗？
从古至今的事件
只将结果留下
于是，假设成为一种过程的想象

八

“平津危急！
华北危急！
中华民族危急！
只有全民族实行抗战,才是我们的出路！”

伟人一纸急电

将红星的光芒释满夜空
高擎镰刀锤头的队伍早已经准备完毕
只等待大刀向鬼子的头上砍去

“兄弟阋于墙，
外御其辱”
五指并拢
将最猛烈的炮火射向敌人

终于，两条河流
开始汇聚
以血浓于水的合力
奔向民族的未来

第三章　残雪

一

或许，你已经知道
我们绝不能以人类的正常思维
解读日寇
他们一直蠢蠢欲动
侵略的野心从未中断

占领卢沟桥之后
敌人的举动更加疯狂
日夜盘踞在一张迷梦图上
妄想三个月内
占领我们全部的山河

这肯定是东京一个头脑发热的家伙
深夜发出的呓语
但他的同伙们信以为真

于是
更大的悲剧由此开始

二

抵抗的枪声从未消失
再一次密集地响起
让日寇的妄想
砰然中断

铁骨铮铮的中国守军
把苏州河北岸的四行仓库
作为最有力的据点
弹无虚发

其实，最令敌人胆战心惊的是平型关
一排排黢黑的枪口
以及，压抑已久的炮火
那才是真正的大快人心
刀锋犀利无比
借助小米，步枪
一举粉碎

日寇反复鼓吹的梦话

多年以后
这段险峻的隘口
仍然藏满硝烟
随意捡起一块坚硬的石头
嘹亮的冲锋
就会脱鞘而出

三

对待瞬息万变的战争
如果不能
以闪电地疾驶捕获它的每一根神经
都将成为一种悲哀

鬼子还没有进城
我们守军作战的计划却以递进的方式
省略成了撤退的线路图
厚重的城砖显得
狼狈不堪

此刻，恐惧开始蔓延
街道被逃难的人群挤满
那些嘈杂的撞击痛苦不堪
空气中飘满死亡的宁静
此外，天空再也没有多余的表情

大雪开始飘落
等待这个冬日的
只剩下日寇疯狂地杀戮

四

城门洞开
子弹，炮火与刺刀
随野兽一起失去理智
每一天都在制造骇人听闻的罪恶

其实，很多年前鬼子们就失去了人性
那时，也是大雪纷飞
鬼子们的刺刀和子弹
在旅顺城实现了“自由”
斩首、火烧、冻死、强奸、枪杀……

仅仅三天，仅仅三天时间
就将一座城市屠杀殆尽

现在，鬼子的儿子或者孙子
又一次破门而入
窜到了中华民国的首都——南京
高举屠刀的同时
嘴角露出一丝
狡黠的冷笑

五

野兽们横冲直撞
刺刀，子弹和狰狞的狂笑
四处弥漫
血腥像雾一样铺天盖地

刺刀携带冷寂的寒光
毫不犹豫地捅进老人的胸窝
或者挑开孕妇的肚子
密集的子弹如同倾盆大雨
射向被捆绑在一起的平民

把婴儿高高抛起
然后，用刺刀穿透……
虐杀已经灭绝人性
疼痛从旅顺开始
席卷了南京的大街小巷

我的心脏堆满火山
肺叶快速生长成闪电
每一次呼吸
吐出的都是幽蓝的火焰

看到野兽
我多么渴望能够穿越时空
手握猎枪，一跃而起
用清脆的子弹歼灭所有的敌人

六

那个鬼子砍了一百二十个中国人
刀刃已经弯曲
仍狞笑着
擦拭战刀

我们活着的同胞们温顺如羊
面如土色
彼此蜷缩在一起
面对野兽
他们的内心一定恐惧到了极点
所以，连呼吸都变得
小心翼翼

可是，面对高举的屠刀
笑脸相迎，或者弯腰鞠躬
哪怕真诚伸出双手
死亡也会如期而至

必须拒绝恐惧
越过用尸体垒砌的路障
竭尽全力
与日寇展开一次生死决战
将会终生无憾

七

你无法想象
三十万人能够排成多长的队伍
假若同时放歌
一定会形成排山倒海的声波
撞痛我们的耳膜

可惜，这么多生命全部定格在
一九三七年的十二月
这个冬日寒气逼人
日寇将杀人当成竞赛
三十万手无寸铁的生命
被残忍杀害

那么多尸体
挤满了街道和河流
两滴血红泪珠自天而降
一滴落在一九三七年十二月的南京
一滴汇入悲壮的历史

山河悲痛无语
等待正义回归

八

大雪，大雪纷纷飘落
山河一片苍茫
我们内心装满疼痛
历史啊，再一次泪流满面

搜遍人类所有的词汇
仍然无法形容
日寇的倒行逆施
尽管拥有人的容貌
但内心的残暴超越了所有蛇蝎

甲午以来
敌人的每一次杀戮
都让整个人类感到彻骨的寒意

九

时隔多年
南京的栖霞寺
仍被红色的飞雪围困

年复一年

越过时光
疼痛越积越深
那些被肢解的尸体
被砍下的怒目圆睁的头颅
以及被泼上汽油焚烧的仅剩下挣扎的
凌乱骨殖
让人类发展的历史陷入无地自容

面对殷红的残雪
我们的心血流不止
我们隔着七十八个春秋的时空
拍案而起

要沿着历史的脉络进行控诉
为什么日寇总能长驱直入?
为什么敌人的屠刀可以肆意挥动?

昭昭前事
惕惕后人

十

六朝古都
繁华已经成为历史
大屠杀仍在疯狂进行的时候
拯救人类的真正历史
更需要超越生与死的胆略

缓缓打开历史的镜头
我们必须感谢拉贝
必须感谢魏特琳
必须感谢约翰 · 马吉
必须感谢所有的正义者
他们躲避泛着寒光的屠刀
穿越呼啸的子弹
用人类的担当
保存了敌人的罪证

开启最后的审判
铁证如山
那些罪恶的灵魂
全部投向遥远的地狱

十一

无论何时
我们都要铭记尸横遍野的一九三七
以及渗入骨髓的剧痛
要知道，日寇多么残忍
以骇人听闻的屠杀
将一座石头垒砌的城市
毁灭

每到寒冬
疼痛就会彻夜失眠
历史中的残雪更会
如期而至

殷红的残雪
目睹了血流成河的瞬间
时光已远
仍坚持以逼近烈火的决心
记录全部的惨痛

十二

战争早已经结束
但我们的敌人并没有全部死亡
他们的儿子或者孙子
仍将关于屠杀的邪念隐藏于心
每一个狡黠的笑
都与七十八年前，不
应该是一百二十一年前
具有惊人的相似

我们热爱着我们的躯体
但更热爱每一寸土地
必须以奔跑的速度
强壮躯体
剔除对战争的恐惧
让我们关于战争的古老智慧
绽放出真正的光芒

必须以血的惨烈铭记历史
立足大地
用强壮的体魄逼退
敌人所有的邪念

第四章 浴血奋战

一

向东，向东
渡过咆哮的黄河
将生死置外
以钢铁的决心痛击敌人

山河破碎
形势刻不容缓
所有的木船，或者羊皮筏子
都化作疾驶的箭簇
横渡黄河

这是一支高擎镰刀锤头的队伍
即便高悬青天白日
红星的光芒依然熠熠生辉
依靠小米的滋养

携带枪与子弹
重新出发

二

回望沧桑昨日
风卷红旗
一支疲惫的队伍步履维艰
朝着寒气逼人的夹金山迈进
神色凝重

一碗辣椒汤
一匹马的尾巴
和一件缺少棉絮的布片
成为行军的全部家当

翻越雪山
在草地上朝着黎明出发
一尊尊血肉之躯站立成移动的钢铁
将信念含在嘴里
融化饥饿与寒冷

笔走龙蛇
当山丹丹花的芬芳扑面而来
气吞山河的万里行军
妙然收笔
从此，钢铁的队伍更加无尘

三

击毙疯狂的兽群
必须拥有足够的耐心
历经持久的对峙
等待优越于敌人的最佳时机
果断出击
收割的将是成熟的战果

将最辽阔的土地雕刻成
首尾相连的巨网
在地表之下行走
锄头和大刀成为
最厉害的武器
给日寇出其不意的攻击
民间的智慧被战争

升华为朴实的谋略

远离群山
青纱帐　柳树林
成为神秘的战争掩体
布局之后
随便潜入连绵的绿色
等待的将是
日寇的自投罗网

四

五指并拢之后
拳头迸发出的威力
远远超出了日寇的想象
群山肩负使命
忻口密集的炮火
更令敌人猝不及防

炸药的威力
加速推进战场的悲壮
坚守与侵犯

被苦涩的岁月
局部放大

面对肌肉隆起的铜墙铁壁
敌人的手段更加卑鄙
悍然施放催泪性毒气，燃烧弹
于是，阳光下角逐
呈现出残酷的倾斜

五

日寇步步紧逼
渡过黄河的队伍
在太行山上勾勒战场
射击的姿势蕴藏
一如既往的胸有成竹

诱敌深入
雁宿崖成为天然的屏障
弹药可以游刃有余
绝不会存在胜利之外的任何差错

猎物出现
最猛烈的炮火
以绝对的威力
在黄土岭快速集结

战斗结束
一个名叫阿部规秀的日本男人
以及进犯的同伙
全部被歼
“名将之花”成为敌人的一厢情愿

六

或许，历史已经向你坦白
平型关之后
日寇的进犯并未停止
关于民族危亡的镜像更加凸显

慕尼黑的乌云开始笼罩
东方的天空
日寇一手高举屠刀
一手抛来罂粟

"大东亚"的迷药开始散发

终于，那些骨头软弱的人
露出隐藏的尾巴
献上媚笑
回到尸横遍野的南京
开始赤裸裸地背叛

七

战争继续
抗争陷入最艰难的时刻
振奋精神
成为武器之外的最新亟需

选择最有利的时机
头戴青天白日的八路军
聚集一百零五个团
在山峦起伏的华北
以两千多千米的战线
向日寇发起最猛烈的攻势

以鹰隼的猛烈
展开一千八百多次的剧烈燃烧
硝烟沉寂之后
作为一种劳作的过程
借助松柏
更加蔑视败退的敌人

迎接全部胜利的过程
必将艰辛
但胜利的信心开始跃升
关于失败的流言
以及投降的暗流
荡然无存

八

关于那场气势磅礴的大战
随着时光
炮火与子弹之外的英姿
愈加清晰

那时候，磕磕碰碰成为隐藏的对手

"游而不击"
被张合的嘴巴闲嚼成一把砍刀
邪恶洋洋得意
又一次出击
成为唯一的选择

从未远离战场
从一九二七年的南昌开始
这支伟大的队伍怀揣使命
用血肉穿越死亡和烈火

那个夏天，决策从延安发出
一百零五个团的兵力
雷霆万钧
以排山倒海地冲锋
令所有的敌人大惊失色

九

如今，乘坐风驰电掣的高铁
你无法听到台儿庄
曾经密集的枪声

只有将双耳潜入历史
一九三八年春天的炮火才会清晰如故

纪念馆里的黄昏
残阳如血
那些比真实还真实的声光电
有充足的理由让人相信
战斗惨烈根本无法还原

在万物复苏的春天
日寇的装甲车傲横碾碎
古城的宁静
翻耕田地已经不太可能
锃亮的锄头与守军的钢枪
一起投入战斗

犬牙交错的街巷
临危受命
关于死亡的加急电报
于黑夜戛然而止
因为已经血流成河

如今，关于战争的疼痛

仍藏匿于古城的某道
沧桑的皱纹

十

这是一次被称之为远征的作战
必将被历史记录
甲午以来
第一次走出国门
那么远的距离
一场正义与邪恶的殊死交锋
仍与日寇有关

离开畹町桥头的一瞬
将士们将最后的回望
定格在战火纷飞的春天
在异域的土地上
与日寇拼杀
依然惨烈无比

同古保卫战
斯瓦阻击战

解围仁安羌
东枝收复战
每一场战斗都是血肉横飞
历经硝烟
挺拔的身躯
让高傲的盟军五体投地

子弹与给养
全部耗尽之后
所向披靡的队伍被迫
踏上穿越胡康河谷野人山的征程
超越死亡
必须以高过闪电的速度
行走，或者倒下
都将化为不朽的碑石

十一

目光所抵之处
山河被战火覆盖
此刻，恐惧逃向无踪
从白山黑水开始

坚硬的骨头
一直与日寇展开旷日持久地拼杀

这片距离异域战场最近的红土高原
炮火异常密集
松山的每一寸泥土
都暗藏弹片

枪声冷寂之后
一块块简洁的墓碑
在腾冲挺拔成倔强的利剑
伫立至今

十二

烈火之后
《论共产党员的修养》更加朴实
散发出从未有过的
温暖魅力

关于战争的最后走向
伟人胸有成竹

在黄土弥漫的高原
铺开宣纸
面对东方绚丽朝霞
绘制万里河山

从大刀长矛的岁月开始
人民至高无上
战火纷飞中
高擎镰刀锤头的队伍
开始演绎
关于民族的伟大命题

十三

当敌人陷入四面楚歌
我们的目光绝不能呈现
丝毫的优柔
必须准确无误地确定炮火的核心
等待着
乘胜追击的时刻

你要相信科学

更要相信原子弹的威力
走投无路
日寇拱手缴械

在登上“密苏里”舰之前
芷江被一帧彩色的照片准确定格
日寇大汗淋淋
躬身交出战刀
以失败者的身份退出战场

十四

以德报怨
我们的胸襟多么宽广
化剑为犁
决心用真诚构建
人类的和平

但是，审判之后
敌人拒绝真正地忏悔
战争的鬼被搬进靖国神社
历史被漏洞百出的谎言

折磨得面目全非

我们可以谅解对手
但绝不能背叛鲜血淋淋的历史
擦亮眼睛
时刻把握手指与枪的距离

十五

硝烟散尽
历史开始获得继往开来的灵感
感慨枝繁叶茂

沿着青铜的线条
回望民族的长河
奔腾不息的时光总会被雕刻成
不同的辉煌
每一朵激情澎湃
都蕴藏灿烂的篇章

每逢战争胜利的日子
我总会来到天安门广场

向人民英雄纪念碑献上绽放的花朵
双手放在冰冷汉白玉上
宝塔山、冲锋的队伍以及奔腾的黄河
会再一次穿越时空

十六

时至今日
又一位巨人，大手一挥
关于灵魂、本事、血性以及品德的命题
犹如锋利的大刀
果断斩去日益滋生的危险

怎能让历史仅仅成为历史
我们不能停留在想象的世界
必须亲自动手
铲除鸦片战争遗留的血痂
疼痛属于短暂
气喘吁吁的瘀血散尽之后
关于镰刀与锤头的光芒
异常温暖

往事一言不发
以假寐的姿态跌入历史
尽管敌人早已退去
历史突然心血来潮
沿着惊险的闪电
和盘托出刘公岛的凄风苦雨

如今，我们依然与狼共舞
只是，若想成为最好的猎手
必须血脉喷张
把青春锻造成一块通红的钢
借助幽蓝的烈焰
横空出世
铁甲轰鸣之处
拒绝性格的焦躁不安

我们时刻准备着
冲进任何存在的战场
施展一剑封喉的本事

历史告诉我们
对所有的敌人
必须，一剑封喉

附录

從南湖出發

一

黑暗、飢餓、腐敗、懦弱
從大地的血管噴涌而出
瘋狂占据月光所抵之处
一声沉重的叹息
午夜病入膏肓
雷、闪电、锋利的剑

刻过长空

万物更需妙手回春的从容

怀揣精湛的医术

把脉、问诊

以武当开始

火的图腾迈步醒悟

原野上万马奔腾
闪电被重力学的引
隐入大地
稻米飘香季节
十八颗金色星辰
拥抱热血誓言
潜入李家年如西河

從一次意外的失敗
轉入另一次挫折的途中
七月的絕望交響
破土萌芽

二

飛鳥散盡
歷史又一次被雕飾成
從出生到釋放的旅程

太阳升起之前
风与时光再一次抗拒了
黑夜的诱惑
璀璨的红色五星
光芒万丈
犹如一颗冷静的子弹
不动声色
但是任何野兽的嚎叫

都有可能发生
一场关于射击的惊叹
沉于岩浆的核心
和星体的烈焰
一声焚烧
漫长的黑夜

三

征服高地
阿芙乐尔号巡洋舰在涅瓦河上
弹奏关于东部欧洲的烈火
闪电如铁
以伏尔加的烈度奔驰
掠过石头与城堡
在血的末端

用一颗最短的光芒
劈开全部的黑夜

朝霞满天的时候
红星笑脸灿烂
在中国的南湖
镰刀锤头与七月
势如破竹

四

仰望七月
思绪展开双翼
在铤而走险的时代
与时光之刃
穿越火与夜幕
不负使命

面对钢铁
即使最微弱的呼吸
也必须棱角分明
血与肉已跃群山之巅
情爱隔世膜拜
雨和闪电被囚禁在黑夜的密室
决战之后
勇敢的水手，或者铁匠

横空出世

五

勇士们高举镰刀锤头、
逆水而上
在最高的湾口
猎取天火
沸腾的岩浆

与无色石头一起燃烧
所向无敌
在红五星闪耀的地带
风调雨顺

用镰刀收割
用锤头锻造
在猎猎的红色旗帜下

开始勾勒

复活的世界

第一章 白山黑水

刀光寒气逼人
霜雪以叠加的方式
随时都逼进
迸发、成为一个时代觉醒的标志。

甲午之役
山河承载更多的悲愤
雄性的血液
被迫蛰伏
但敌人的欲望日益膨胀
隐藏更多的觊觎

与历史对话

必须拿出足够的勇气
将耻辱与光荣放在同样的高度
然后，沿着潦草的脉络
逐步追寻
战争的起点

让思绪从今夜开始
打开万里河山
让缺席的历史裸露出
苍白的失眠

2
欲望之火仍盘踞在
敌人的内心
时光并没有减弱累积的贪婪

最后的疯狂
伴随丧钟敲响

相信历史吧
时间会击碎所有的谎言
一本《田中奏折》
足以呈现日寇的处心积虑

战争，还是和平
面对咄咄逼人的敌人
做出艰难的抉择
贫弱的中国显得力不从心

3

那时候

中华民族新的希望之星
正从南湖冉冉升起
红船劈波斩浪

关于土地的战争
大刀长矛已给出明确的答案
要知道，黑夜还未完全过去
并未隐藏杀气

红星正在照耀
万里河山

4

白山黑水之间
或许，硕果已经累累

树叶开始泛黄
秋风穿过辽阔的山野
露珠正在形成

一声沉闷的爆炸
透着火药的诡异
扭曲的钢轨和罪恶，
相互勾结
一个巨大的阴谋在柳条湖畔
浮出水面

面对疯狂的野兽
正义的枪口竟然低垂
退缩源自
干涸的旋律，以及

历史的阉割

5

狼烟刚刚燃起
侵略却早已开始
甲午的炮火
乙未年的鲜血
将历史压抑成苦涩的岩浆

越过高粱大豆
直插松树林立的密林
携带情感
完成一次草本到木质的坚硬升华

必须要记住一条以"松花"命名的江河

以蛟龙的神韵盘踞白山黑水
在辽阔的雪地上
打造直逼敌人心的
利刃

请绕过柳条集体“帅痞”的男人
把目光投向驰骋疆场的汉子
又有铁骨铮铮的巾帼
用热血支撑起
不屈的山河

6

江水被战火烧红
波浪站立成倔强的山峰
面对日寇

所有的想念
火光四射

那位"红枪白马"的女政委
将战场梳理得井然有序
出其不意的子弹
往往都是在最关键的时刻
射向敌人
"瘦李"或者"李姐"
绽放成硝烟中最美丽的花朵

一只粗瓷大碗和一封
肝肠寸断的遗书
让历史记住了
这位伟大的女性——赵一曼

就在这个冰冷的夜晚，
还有八颗冷峻的子弹
冷云、胡秀芝 杨贵珍 郭桂琴
黄桂清 王惠民 李凤善 安顺福
与敌人殊死拼搏
借助生命中最后的力气
奔向急流的江水

7

我在想，
面对残暴的敌人
为什么有的人能够挺直脊梁
奋勇抵抗
有的人却卑躬屈膝
认贼作父

不同的思维或许产生
不同的解答
但是，血性却是唯一的分水岭

面对使命
再美好的措辞
都无法掩盖
汉奸的嘴脸

必须置以正义的审判
那些汉奸，或者叛徒
与敌人沆瀣一气
罪恶，超过所有的敌人

在这一景，一个柔弱的女子

竟被他自己的同胞和日寇合谋
以人类历史上最卑鄙的方式
进行审讯
千百年后
历史仍然惋叹不语

8
枪声被饥寒逼入微弱
子弹仍锋利无比
发射出的每一道弧线
都令敌人胆战心惊

一个叫杨靖宇的汉子
带领抗日联军
冒雪冲锋

当一粒米成为一种奢想的时候
他们把雪与树根
作为最便捷的营养餐
一口吞下

朔风与敌人狼狈为奸
突出重围
成为生命中唯一的遗憾

战友们远离危险之后
子弹更加迅疾
孤身一人成为白山黑水的
神话

9

这是一场漫长的对决
战场跨越了数炮声声
子弹从胸前飞进心间
他——杨靖宇，与日寇继续
周旋

战斗，准备战斗
除此之外，别无选择
元宵节之后的风雪
更加肆虐

一颗狡猾的子弹
从敌人的枪口悄然溜出
将军轰然倒地
大地沉寂无语

六条隧道
肠胃中等待消化的树皮、草根和棉絮
成为最有力的武器
令敌人大惊失色

10
杨靖宇、赵一曼、赵尚志、"八女"……
他们已经站成钢铁，
以挺拔的脊梁
汇集成民族的铜墙铁壁
让敌人束手无策

日寇如同困兽
不断拉拢患有"软骨病"的中国人
于是，在烈焰燃烧的同时

情愿成为"自治"的忠实走狗
民族开始面对从未有过的险涌
当要说成他们的核心
历史更会记录所有的脊梁

"
甚至略的很多词汇
对于"满洲国"的表述
必须借助中医
这如把民族躯体上的一个肿瘤
最为贴切

白山黑水已被病毒侵蚀
数典忘祖的败类
正伙同日寇

打开祖国的大门

已经不需要隔海对峙
敌人已驱出边
此时，良知沦丧
汉奸异常活跃

正好，我们拥有挺拔的脊梁
钢铁在最危急的关头
组合成连绵不绝巨大的合力
使敌人的欲望
一波三折

12
那时候

工农的队伍正惨遭"围剿"
红星的光芒依然温暖
乡村枝繁叶茂

脚穿草鞋的队伍
高举着燃烧的火把
翻越雪山草地
朝着黎明出发
一曲雄壮的信天游
磨热万里河山

第二章　卢沟烽火

1

星月全部隐退
在这个野兽横行的黑夜
古城的使命早已终结
那些不屈的枪声
正在被迫转移

其实，已经无路可退
日寇在吞并白山黑水之后
仍在步步紧逼
妄想沿着炮火

啮噬我们全部的血肉

子弹更加密集的时候
我们任何的退缩，或者幻想
都无异于另一种自杀
更可怕的是
我们喷涌而出的热血
更会激起日寇一波又一波的
亢奋

2

即便被雕刻成一组组惟妙惟肖的狮子
坚硬的石头兄弟仍会互致敬意。

它们之间保持着千丝万缕的亲密无间
炽热的燃烧
一定会在深夜的某个时刻突然醒来
爆发出沉默已久的怒吼

必须挺直脊梁
让血脉始终保持这高洁和纯洁
从一座石桥的坚韧身躯
捍卫民族的尊严

我站在二十一世纪的夏日清晨
膜拜被风霜洗礼的桥群
即使桥下早已青草遍地

但仍能听到清晰的急涛，以及
远去的炮火

3

一九三七年七月七日的夜晚，月亮也失常
应该有些光悬于桥上
日寇鬼鬼祟祟
有些诡异的细节
每一个影子都荷枪实弹

无论将思维移至到哪一个环节
这个夜晚都将布满诡异
日寇粉墨登场

以为借助"枪声"和"士兵失踪"
就能够踢开宛平的城门

谁会相信强盗的逻辑
其实，早在甲午之前
我们就已经看清
鬼子的嘴脸
即使抛出手中的橄榄枝
炮火也绝不会避免

历史不得不用敬佩的目光
审视我们的守军
第二十九军的汉子们慷慨激昂

从血性的义正词严
将日寇拒之城外

4

枪声响起的时候
黑夜逐渐远去
卢沟桥上的石狮怒目圆睁
从俯冲的雄姿
震撼来犯之敌

大刀寒光凛冽
令子弹具有同等的威力
将士们纷纷脱去上衣

用血肉之躯发起最后的冲锋
"死亡"，已经变成一个
平淡如水的词汇

子弹与炮火一起擦亮天空
朝霞似血
飞鸟从垂直的高度
俯瞰正义与邪恶的对决

5

越过石桥
从最精确的搜索
还原一段精绝的驰骋疆场

赵登禹和他锋利无比的大刀队
被喜峰口的城垛高高托起
手起刀落
快如疾风

长城上的那个夜晚
钢刀被磨成燕山寒月
每一道光芒
都令日寇闻风丧胆

这位来自鲁西南的彪形大汉
身怀绝技
一招一式尽是炉火纯青的功夫

仅仅三年私塾
笔锋却注满血性
随意挥毫
即是一幅满江红

决战之前
将军双膝跪地
三个掷地有声的响头
成为今生与母亲生离死别的绝响
眼中没有泪水
装满钢铁与队伍

6

战争拥有属于战争的规则

人与野兽
应该有所区别
但日寇坚持以军部的方式
沦为野兽

战机的狂轰滥炸
成为敌人枪炮之外的帮凶
宛平城、南苑，甚至平民区
都成为日寇轮番轰炸的目标
战争的残暴被敌人肆意放大

当敌人发出的子弹
射中坚硬的钢板

佟麟阁，赵登禹，申仲明……
奋勇杀敌的英雄气概
被时光定格在
战火纷飞的瞬间间
英雄化为倔强的
高峰

悲痛袭来
燕雀低飞
浸血的悲鸣压痛大地

7

面对一座石桥

日寇和叛徒的惨败
又一次被战火
照得清清楚楚

我们痛恨日寇
但叛徒的危害更不可轻视
倘若没有内奸
局部的战斗将会以另一种结果呈现

历史从来不存在假设吗？
从古至今的事件
只将结果留下
于是，假设成为一种过程的想象

8

"平津危急！

华北危急！

中华民族危急！

只有全民族实行抗战，才是我们的出路！"

伟人一纸急电

将红色的光芒释荡夜空

高擎镰刀锤头的队伍早已经准备完毕

等待大刀砍向鬼子的头上砍去

"兄弟阋于墙，

外御其辱”

五指奔拢

将最猛烈的炮火射向敌人

终于，两条河流

开始汇聚

从血浓于水的合力

奔向民族的未来

第三章 残雪

我说，你已经知道
我们绝不能以人类的正常思维
解读日寇
他们一直蠢蠢欲动
侵略的野心从未中断

占领卢沟桥之后
敌人的举动更加疯狂
日夜盘踞在一张速梦图上
妄想三个月内
占领我们的全部山河

这肯定是北京一个头脑发热的家伙
深夜发出的呓语
但他的同伙们信以为真
于是
更大的悲剧由此开始

2

抵抗的枪声从未消失
每一次镇压的响动
让日寇的妄想
破产中断

镂骨铭心的中国字母
把苏州河北岸的四行仓库
作为最有力的据点

弹无虚发

其实，最令敌人胆战心惊的是那些
一排排黝黑的枪口
以及，无聊已久的炮火
那才是真正的大快人心
刀锋犀利无比
借助小米步枪
一举粉碎
日寇反复鼓吹的梦话

多年以后
这段险峻的隘口
仍然藏满硝烟
随意捡起一块坚硬的石头

嘹亮的冲锋
就会脱鞘而出

3

对待瞬万变的战争
如果不乱
以闪电的转瞬捕获它的每一根神经
都将成为一种悲哀

兔子还没有进城
我们守着作战的计划都以递进的方式
最终成了撤退的铁丝网
厚重的城不再是过
狼狈不堪

此刻，恐惧开始蔓延
街道被逃难人群挤满
那些嘈杂的撞击声痛苦不堪
空气中飘满死亡的宁静
此刻，天空中再也没有多余的表情

大雪开始飘落
等待这个冬日的
只剩下日渐疯狂的杀戮

4

城门洞开
子弹、炮火与刺刀
随野兽一切失去理智
每一天都在制造骇人听闻的罪恶

其实，很多年前鬼子就失去了人性
那时，也是大雪纷飞
鬼子们的刺刀和子弹
在旅顺城实现了"自由"
斩首、火烧、冻杀、强奸、枪杀……
仅仅三天，仅仅三天时间
就将一座城市屠杀殆尽

现在，鬼子的儿子或者孙子
又一次破门而入
窜到了中华民国的首都——南京
高举屠刀的同时
嘴角露出一丝
狡黠的冷笑

野兽们横冲直撞
刺刀、子弹和狰狞的狂笑
四处弥漫
血腥像雾一样铺天盖地

刺刀携带冷森的寒光
毫不犹豫的捅进老人的胸膛
或者挑开孕妇的肚子
密集的子弹如同倾盆大雨
射向被捆绑在一块的平民
把婴儿高高抛起
然后用刺刀穿透……
虐杀已经灭绝人性
惨痛从旅顺开始

席卷了南京的大街小巷

我的心脏埋满火山
肺叶快速生长成闪电
每一次呼吸
吐出的都是幽蓝的火焰

都是野兽
我多么渴望能够穿越时空
手握猎枪、一跃而起
用清脆的子弹歼灭所有的敌人

6
那个鬼子砍了一百二十个中国人
刀刃已经卷曲

仍娇笑着
擦拭战刀
我们活着的同胞们温顺如羊
面色如土
彼此蜷缩在一起，
面对野兽
他们的内心一定恐惧到了极点，
所以，连呼吸都要得
小心翼翼

不是，面对高举的屠刀
笑脸相迎，或者弯腰鞠躬
哪怕真诚伴君22年
死亡也会如期而至

必须挺直脊梁
越过用尸体垒起的路障
竭尽全力
与日寇展开一次生死决战
将会终生无憾

7

你无法想象
三十万人子弟自动排成长长的队伍
假若同时放歌
一定会形成排山倒海的声波
撞痛我们的耳膜

可惜，这么多的生命全部定格在
一九三七年十二月

这个冬日寒气逼人
日寇将杀人当成竞赛
三十万手无寸铁的生命
被残忍杀害

那么多尸体
堆满了街道和河流
两滴血红的泪珠
自天而降
一滴落在一九三七年十二月的南京
一滴汇入悲壮的历史

山河悲痛无语
等待正义回归

8

大雪、大雪纷纷飘落
山河一片苍茫
我们的内心装满疼痛
历史啊，再一次泪流满面

找遍人类所有的词汇
仍然无法形容
日寇的倒行逆施
尽管拥有人的容貌
但内心的残暴超越了所有的蛇蝎

甲午以来
敌人的每一次挑衅
都让整个人类感到彻骨的寒意。

9

时隔多年
南京的栖霞寺
仍被红色的飞雪围困
年复一年

越过时光
疼痛越积越深
那些被肢解的尸体
被砍下的怨恨圆睁的头颅
以及被活活流油焚烧的仅剩下稀乱的
凌乱的骨殖
让人类发展的历史陷入无地自容

面对殷红的残雪

我们的人心流血不止
我们隔着七十八个春秋的时空
拍案而起

要沿着历史的脉络进行追问
为什么日寇总能长驱直入？
为什么杀人的屠刀可以肆意挥动？

前事昭昭
殇殇何人

10
六朝古都
繁华已经成为历史
大屠杀仍在疯狂进行的时候

拯救人类的真正历史
更需要超越生与死的胆略

缓缓打开历史的镜头
我们必须感谢拉贝
必须感谢魏特林
必须感谢约翰·马吉
必须感谢所有的正义者
他们躲避泛着寒光的屠刀
穿越呼啸的子弹
用人类的担当
保存了敌人的罪证

开启最后的审判
铁证如山

那些最恶的灵魂
全部投向遥远的地狱

11

无论如何
我们都要铭记血流遍野的一九三七
以及进入骨髓的剧痛
要知道，日寇曾以残忍
以骇人听闻的屠杀
将一座石头堆砌的城市
毁灭

每个寒冬
痛彻就会彻夜失眠
历史中的残雪更会

如期而至

殷红的残雪
目睹了血流成河的瞬间
时光已远
仍坚持以逼近烈火的决心
记录全部的惨痛

12

战争早已经结束
我们的敌人并没有全部死亡
他们的儿子或者孙子
仍将关于屠杀的积怨，隐藏于心
每一个狡黠的笑
都与七十八年前，不

这该是一百二十一刻度，
异常惊人的相似

我们热爱我们的躯体，
但更热爱每一寸土地
必须以奔跑的速度
强壮躯体，
剔除对战争的恐惧，
让我们关于战争的古老智慧，
绽放出真正的光芒

必须以血的烙印铭记历史
立足大地
用强壮的体魄逼退
敌人所有的野心，

第四章 浴血奋战

八、

向东、向东
渡过咆哮的黄河
将生死置外
以钢铁的决心痛击敌人

山河破碎
形势刻不容缓
所有的木船、或者羊皮筏子
都化作疾驶的箭簇
横渡黄河

这是一支高擎镰刀锤头的队伍
即便高悬青天白日
红星的光芒依然熠熠生辉
依靠小米的滋养
携带枪和子弹
重新出发

2.

回望沧桑昨日
风卷红旗
一支疲惫的队伍步履维艰
朝着寒气逼人的夹金山迈进
神色凝重

一碗辣椒汤
一匹马的尾巴
和一件缺少棉絮的布片
成为行军的全部家当

翻越雪山
在草地上朝着黎明出发
一尊尊血肉之躯站立成移动的钢铁
将信念含在嘴里
融化饥饿与寒冷

笔走龙蛇

妙然收笔

从此，钢铁的队伍更加无敌

3.

当荒疯狂的兽群

必须拥有足够的耐心

历经持久的对峙

等待优越敌人的最佳时机

果断出击

收割的将是成熟的战果

将广辽阔的土地雕刻成

首尾相连的巨网

在地表之下行走

把锄头和大刀成为

山河

最厉害的武器
给日寇出其不意的攻击
民间的智慧被战争
升华为朴实的谋略

远离群山
青纱帐、柳树林
成为神秘的战争掩体
布局之后
随便潜入连绵的绿色
等待的将是
日寇的自投罗网

4.

五指并拢之后

拳头迸发出的威力

远远超出了用户的想象

群山肩负使命

山口密集的炮火

更另敌人猝不及防

炸药的威力

加速推进战场的悲壮

坚守与侵犯

被苦涩的岁月

局部放大

两寸肌肉隆起的铜墙铁壁

敌人的手段更加卑鄙
悍然施放催泪毒气，燃烧弹
于是，阳光下角逐
呈现出残酷的倾斜

5.

日寇步步紧逼
渡过黄河的队伍
在太行山上勾勒战场
射击的姿势隐藏
一如既往的胸有成竹

诱敌深入
雁宿崖成为天然的屏障

弹药可以游刃有余
绝不会存在胜利之外的任何差错

猎物出现
最猛烈的炮火
以绝对的威力
在黄土岭快速集结
战斗结束
一个名叫阿部规秀的日本男人
以及其他的同伙
全部被歼
"名将之花"成为敌人的一厢情愿

6、或许，历史已经向你坦白

平型关之后

日寇的进犯并为停止

关于民族危亡的镜像更加凸显。

慕尼黑的乌云开始笼罩

东方的天空

日寇一手高举屠刀

一手抛来罂粟

“大东亚”的迷药开始散发

终于，那些骨头软弱的人

露出隐藏的尾巴

献上媚笑

国都尸横遍野的南京
开始赤裸裸的屠杀

7.

战争继续
抗争陷入最艰难的时刻
振奋精神
成为武器之外的最新亟需

选择最有利的时机
头戴青天白日的八路军
聚集一百零五个团
在山峦起伏的华北
以两千多千米的战线
向日寇发起最猛烈的攻势

以鹰隼的猛烈
展开一千八百多次的剧烈燃烧
硝烟沉寂之后
作为一种劳作的过程
借助松柏
更加蔑视败退的敌人

迎接全部胜利的过程
即将爆発
但胜利的信心开始飞升
关于失败的流言
以及投降的暗流
荡然无存

8. 关于那场气势磅礴的大战

随着时光

炮火与子弹之外的英姿

愈加清晰

那时候，磕磕碰碰成那隐藏的

对手

“游而不击”

被张会的嘴巴闲嚼成一把砍刀

泛着诡异的蓝光

又一次出击

成为唯一的选择

从未远离战场

从一九二七年的南昌开始

从未远离战场
从一九二七年的南昌开始
这支伟大的队伍怀揣使命
用血肉穿越死亡和烈火

那个秋天，决策从延安出发
一百零五个团的兵力
雷霆万钧
以排山倒海的冲锋
令所有的敌人大惊失色

9

如今，乘坐风驰电掣的高铁
你无法听到台儿庄
曾经密集的枪声

只有将22日潜入历史
一九三八年春天的炮火才会清晰如故

纪念馆里的黄昏
残阳如血
那些比真实还真实的声光电
有充足的理由让人相信
战斗残烈 根本无法还原

在万物复苏的春天
日寇的装甲车傲横，碾碎
古城的宁静
翻耕土田地已经不太可能
锃亮的锄头与守望的钢枪
一起投入战斗

大军交错的街巷
临危受命
关于死亡的呐喊、也都
于黑夜戛然而止
因为血流已经成河

如今、关于战争的疼痛
仍藏匿于古城的某道
沧桑的褶皱

10

这是一次被称为远征的作战
也将被历史记录
百年以来
第一次走出国门

那么远的距离
一场又一场卸恩的百米死亡之争
仍与日寇相关

离开畹町桥头的一瞬
将士们将最后的回望
定格在战火纷飞的春天
在异域的土地上
与日寇拼杀
依然惨烈无比

同古保卫战
斯瓦阻击战
解围仁安羌
东枝收复战

每一场战斗都是血肉横飞
历经硝烟
挺拔的身躯
让高傲的眼睛不停接地

子弹与给养
全部耗尽之后
所向披靡的队伍被迫
踏上穿越胡康河谷野人山的征程
超越死亡
必须以高速闪电的速度
行走，我和他们
都将化为不朽的碑石

月
日光所折射之处
山河都被战火覆盖
此刻，恐惧迷向无踪
从台山黑水开始
坚硬的骨头，
一直与日寇陈列对峙持久的拼杀
这片距离异域战场最近的红土高原
炮火异常密集
松山的每寸泥土
都暗藏弹片

枪声冷寂之后
一块块简洁的墓碑
在腊冲挺拔成倔强的利剑
伫立至今

12

到火之信

《论共产党的修养》更加朴实

散发出从未有过的

温暖魅力

关于城市的最后走向

伟人胸有成竹

在黄土弥漫的高原

铺开宣纸

画出东方绚丽朝霞

绘制万里河山

从大刀长矛的岁月开始

人民至高无上

战火纷飞中
高擎镰刀锤头的队伍
开始演绎
关于民族的伟大使命

13
当敌人陷入四面楚歌
我们的目光绝不能呈现
丝毫的优柔
必须准确无误地确定炮火的核心，
等待着
乘胜追击的时刻

既要相信科学
更要相信原子弹的威力

走投无路
以窘拱手缴械

在登上"密苏里"舰之前
各江河一帧帧彩色的照片准确定格
以窘大汗淋淋
解下交出战刀
以失败者的身份退出战场

14

以德报怨
我们的胸襟如此宽广
化剑为犁
决心用真诚构建
人类的和平

但是，审判之后
敌人拒绝真正的忏悔
战争的鬼被搬进靖国神社
历史被漏洞百出的谎言
折磨的面目全非

我们不以谅解对待
絶不能背叛鲜血淋淋的历史
擦亮眼睛
时刻把准指与枪的距离

15
硝烟散尽
历史开始获得继往开来的灵感
感概枝繁叶茂

沿着青铜的线条
回望民族的长河
奔腾不息的时光总会被雕刻成
不同的辉煌
每一朵激情澎湃
都蕴藏灿烂的篇章

每逢战争胜利的日子
我总会来到天安门广场
向人民英雄纪念碑献上绽放的花朵
双手放在冰冷的浮雕上
宝塔山、冲锋的队伍以及奔腾的黄河
会再一次穿越时空

16

时至今日
又一位巨人，大手一挥
关于灵魂、本我、血性以及品德的命题
犹如锋利的大刀
果断斩去日益滋生的危险

总能让历史仅仅成为历史
我们不能停留在想象的世界
必须亲自动手
铲除鸦片战争遗留的血痂
疼痛属于短暂
气喘吁吁的瘀血散尽之后
关于镰刀与锤头的光芒
异常温暖

缄了一言不发
以傲霜的姿态，跌入历史
尽管敌人早已退去
历史突然心血来潮
沿着惊险的闪电
和无抹去刻心骨的凄风苦雨

如今，我们依然与狼共舞
只是，若想成为最好的舞手
必须血脉喷张
把青春锻造成一块通红的钢
借助血管的烈火焰
横空出世
铁甲轰鸣之处
拒绝性格的焦躁不安

我们时刻准备着
冲进任何存在的战场
施展一剑封喉的本领

历史告诉我们
对所有的敌人
必须一剑封喉

后 记

昭昭前事惕后人

胡松夏

习近平总书记强调指出，忘记历史就意味着背叛，一切罔顾侵略战争历史的态度和一切美化侵略战争性质的言论，都是对人类和正义的危害。

赫尔巴特说，历史应该是人类的教师。

在人类社会漫长的发展进程中，光荣与屈辱总会相依相伴，成功与失败也从未分离，所有的一切都会被疾驶的时光定格为历史。因此，对于历史长河中的每一朵浪花，不管是闪烁着熠熠荣光，还是饱含悲壮屈辱，我们都应该对其进行正确的分析、谦逊的解读、冷静的思考。唯有如此，才能够在未来的征途中减少挫折。

今年适逢中国人民抗日战争暨世界反法西斯战争胜利70周年。70年前结束的那场悲壮的战争，让人类历史见证了发生在世界东方的正义与邪恶的对决、光明与黑暗的交锋、进步与反动的搏斗，哀伤刻骨铭心，疼痛深入骨髓。当战争的枪炮声归于沉寂，不畏强敌、英勇顽强的中国人民在做出巨大的民族牺牲之后，终于以胜利者的雄姿永载史册。伟大的抗日战争取得的艰苦卓绝的胜利不仅改写了鸦片战争以来世界历史尤其是亚洲历史的走向，而且还重新确立了中华民族在世界舞台上的重要地位。

历史已经以无可争辩的事实证明，中国共产党是中国人民抗日战争的中流砥柱，没有中国共产党的高瞻远瞩和虚怀若谷，就不会有抗日民族统一战线的顺利形成和敌后战场的成功开辟，更不会有抗日战争伟大胜利的最终而至。即便，今日中国的日益繁荣与富强，也都是源于中国共产党的力挽狂澜和亿万人民的勠力同心。

在隆重纪念中国人民抗日战争暨世界反法西斯战争胜利 70 周年日子里，我们深情回望一个多世纪波澜壮阔的历史进程，深切缅怀和敬仰那些为追求民族的自由独立和国家繁荣富强而英勇献身的仁人志士、革命先烈，更加珍惜海晏河清百舸争流的和平岁月，缅怀与敬仰更能唤起人民对历史的沉重记忆和对未来的无限畅想。

在这个特殊的日子里，长诗《山河》应运而生，这是长诗《甲午》的姊妹篇，也是我坚持借助诗歌的逻辑思维和艺术语言透视中日战争的继续。

我认为，作为军旅诗人首先要拥有军人独特的视角，尤其是作为有灵魂、有本事、有血性、有品德的新一代革命军人，更应将创作的目标瞄准远去的硝烟或者未来的战争，从枪炮轰鸣的战场上搜寻属于军人的信息，这才是军旅诗人所肩负使命的另一种体现。

我还认为，1931 年至 1945 年的中国人民抗日战争可以看作是中日甲午战争的一种延续。事实不也是的确如此吗？

日本从明治维新开始，就一直暗蓄侵略之心，并形成了以中国为主要扩张目标的“大陆政策”，待羽翼丰满之后，悍然挑起了中日甲午战争，结果中国清政府一败涂地。此后，日本军国主义更加肆无忌惮，从入伙八国联军、挑起日俄战争，到发动“九一八事变”“七七事变”，日本军国主义的侵略胃口已经膨胀到极限，逐步陷入自我设计的疯狂迷梦。

历史逐渐呈现出清晰的脉络，从 19 世纪八十年代的中日甲午战争到 20 世纪三十年代的“九一八事变”，日寇侵略的步伐从未停滞。即便，战败投降之后，日本军国主义仍是阴魂不散，否认战争，美化侵略，篡改历史，这些都是必须值得警惕的。

铭记历史是为了更好地珍视和平，记录战争

是为了不断地警示未来。

长诗《山河》撷取了“九一八事变”“七七事变”“南京大屠杀”“平型关大捷”“百团大战”“台儿庄战役”以及“中国远征军”等一些较有代表性的重大史实，以诗歌的艺术形式进行文学创作，形成了具有钢铁棱角的意象符号，坚硬而锋利，在热情赞颂中国共产党的中流砥柱以及中华民族的坚忍不拔、英勇无畏的同时，痛斥了日本军国主义残暴的侵略行径，并对中日之间的战争进行了理性解读。

尽管，长诗《山河》仅仅一千余行，但我的创作进程却是异常的艰难。有时，我会不由自主地沉入硝烟弥漫的战场，内心被战争的残酷占据，悲恸使我不知如何下笔；有时，当敌人举起明晃晃的屠刀，我会以为自己就在血腥的现场，悲愤使我无法理清创作的思路；有时，面对那些音容宛在的英烈，我担心自己拙劣的笔无法还原出战争的全部……这些，一直伴随了我的整个创作过程。

如今，长诗《山河》即将与读者见面，尽管我已作了最大的努力，但书中一定还会存在粗糙的句式等待着大家的精雕细琢，我已经做好了接受各种教诲与指正的准备。

为增强历史的厚重感，融入中华优秀传统文化的博大内涵，长诗《山河》在总体设计上与我以往的作品稍有一些不同，本书内文在保留印刷字体的同时，增加了手抄体部分，书中既有书法家的墨宝，也有我个人的字迹，风格不一，思想相通。序章由张心坤先生抄写，第一章和第三章由史本亮先生抄写，第四章部分由范鹏德先生抄写，在此特向他们以及所有关心支持我的老师、朋友表示诚挚的谢意！

昭昭前事，惕惕后人。

历史会用过往的岁月记录每一个时代，对于所有的战争与和平、正义与邪恶、光明与黑暗，它都将坚持公平的方式将丰碑与审判留给后人。

在实现中华民族复兴伟大中国梦的伟大征程中，我们应该牢记历史，虚心向历史学习，学习责任与担当，学习血性与本事，学习捍卫国家的胸有成竹。因为，历史早已经证明，只有国家富强、人民幸福、军队强大，才能从根本上避免曾经的悲剧卷土重来。

乙未年端阳于京西三家店